隔壁班的天才

山鷹◎文　黃郁嵐◎圖

推薦序

關於這本書的前身、今世、來生

◎黃秋芳

前身短短淺淺

從小乖巧的山鷹，循著父母親的期待，選擇「畢業後找工作容易」的技職五專，在考進臺科大後被中華電信甄選為建教合作學生，畢業後分發到國際電信管理局，鑽研最實際的「通信」原理，同時也常常張望著最遙遠山頭白雲的流動，以及青色森林上金鷹的飛翔。

這種對極度精微的專注和無限遼遠的想像，凝鍊成一篇短短淺淺的小童話〈遠遠與近近〉，得到當年還是小學五年級的兒童評審們在《97年度童話選》裡的真摯推薦：

張鈞雁：利用遠遠的視力和近近的視力形成對比，使得文章越看越有趣。故事中間，那種「羨慕別人比自己好」的比爛對話，反應了日常生活中常看到的真實現象。

朱芷瑤：作者利用名字的方式，做兩岸的比較，從「近」和「遠」眺望的角度不同，互相比較、對比，呈現差異，讓這篇簡單而生動的童話，更添另一種效果。如果用高低、大小作為取材，印象就沒那麼深刻。

呂依蓁：遠和近兩種相差極大視力形成的對比，也對照出兩人的煩惱。煩惱的事情雖然不一樣，但同樣都因為視力造成，或許，有時候當個正常人反而比較好。在遠遠、近近與這些煩惱中徘徊，發現這篇文章特寫鏡頭的位置，真的放得太好了，利用「視力」把現代父母擔心的事情，描寫得很深刻。

今世近近遠遠

愛因斯坦四歲時，父親送他一只羅盤，宛如遇見奇蹟，讓他相信，各種事物背後都藏著神奇法則，足以創造出一個無從局限的想像世界。他開始深入《自然科學通俗讀本》，初翻頁就是光速討論，這是自然觀察的開端，也是他一生追尋的命題，從而跋涉在無邊時空中的各種小宇宙和大宇宙的穿梭。

對於山鷹來說，遠和近、想像和知識、文學和科學的糾纏，就是他的「羅盤」。生命始終不曾動搖過的信念，關於小宇宙和大宇宙的關切和研究，盤附在〈遠遠與近近〉這篇小童話重新復活，從兩千字擴大到兩萬字，從具體的「視力」差異，巧妙地經營出「生命視野」的分歧，用最近、最簡單、最原始的一封信，串起兩個相距極遠、其實極近的生命形態，在一切都電子化的現代時空，感受一封信極遠、極深沉、極豐沛的無限蘊含，以一種「人生寓言」為出發點，不帶教訓，只透過生動的故事，牽引著熱愛張望與探索的閱讀者，在無言、無形中，認真地看得更近、也看得更遠。

來生深深久久

二〇〇四年首度入選九歌年度童話選的山鷹，在科技背景和文學熱情交錯撞擊的創作起點，深切得到鼓勵，從此戮力於科學童話創作。二〇〇五年獲吳濁流文藝獎童話首獎，四度入選年度童話選，一直到二〇〇八年，正式出版第一本童話集《颱風的生日禮物》，〈遠遠與近近〉獲二〇〇八年度童話獎，在天真、甜蜜、王子、公主……的傳統書寫之外，用科技專業打開一扇充滿奇幻想像的窗口，寫出屬於他自己的生命符碼。

十年來，他跨界在文學和科學邊界，出版十幾本的童詩、童話、小說，演講、簽書、說故事、小評論、天文導覽、電視專訪，辦特有個性「贈書結緣」小活動，無論文學世界，呈現什麼樣的浮沉變革，他還是悠然自道：「我飛翔在自己的天空，不是為了讓人仰望，而是一種自由、自信和自在。」

這種很近很近的「創作堅持」，以及很遠很遠的「創作堅持」，在《隔壁班的天才》之後，還會有更多可能，也將生出更多深深久久的影響。這些新鮮而寬闊的啟蒙和撞擊，一如愛因斯坦遇見羅盤，就在翻開書頁瞬間，我們也將遇見，文學和科學牽手後更近又更遠的新世界。

作者的話

天生我材，珍惜天賦

兒子曾經對我抱怨：「為什麼我這麼努力，還是考不贏別人？」

兒子當時念臺大研究所，天資算不錯，他又承襲了媽媽凡事全力以赴、堅持不懈的個性，大學時是得書卷獎的人物。

因此，即使不能獨占鰲頭，照理也該名列前茅，可是他沒有，難怪兒子要說，老天爺不公平。

他的抱怨，可以說有道理，也可以說沒道理。

畢竟，他還太年輕，一路走來極為平順，不知道人外有人，天外有天，一山還有一山高！

有些人天生就是資質聰敏，得天獨厚。

我自己也遇過這樣的人，當兵時全連練唱新歌，大家連續唱了十幾遍還不是很熟練，偏偏我隔壁的人才，才唱三次就說他會了，害我當時細胞死了一堆，從此記憶不佳。

話雖這麼說，其實，老天爺還是公平的。

生活歷練久了，我終於明白，人生很多事都是得失參半，強於某項，必弱於他目；有些人是數學天才，卻是文史白痴；有人長於語言，對物理則一竅不通。

得天獨厚的人固不必沾沾自喜，天資平庸者，也無需頓足搥胸。

〈遠遠與近近〉是我得九歌二〇〇八年年度童話獎的作品，原是一篇發表在《國語日報》故事版的短篇童話。

寫這個故事的旨意，主要在闡明每個人都有自己的天賦和強項，天賦異稟固然可喜，但也不必目中無人過於驕傲，因為好的天賦是天賜，不是自己努力得來的，一點都不值得炫耀。

得到優異天賦的人，如果不懂得珍惜，只會吹噓膨脹，結果必招來異樣眼光，甚至霸凌欺侮，輕者後悔莫及，重者後果淒慘。

至於沒有天賦異稟的人，也不必自卑自棄，所謂天生我材必有用，小螺絲如果鬆了，大廈也會傾頹倒下的，平凡人自有他的功能和妙用。

小朋友一定要明白，這個世界，有人拔高，就有人低竄；有人能飛天，一定也有人可入地；也該知道，天龍固可遨遊於天際，地虎也能呼嘯於山林，誰也不用羨慕誰。

每一個人只要能夠善用自己的稟賦，努力不懈將天賦發揮到極致，將來都可以有所成就，都可以有一番作為。

這個故事發表後，由於篇幅所限，一直無法單獨成書。

幾年前因緣成熟，我把它擴寫成兩萬多字的中篇，故事中加入更多的情節和轉折，並且以突然而來，一封「知名不具」的怪信，增強主角「遠遠」和「近近」兩位小朋友間的互動，拉近兩人的距離，讓他們成為惺惺相惜的好朋友。

書名當然就順勢而為，改成《隔壁班的天才》了。

如果你(妳)仔細讀過故事後，一定會同意，這一封「知名不具」的怪信，起了關鍵效用，信中安下的懸疑引信，相信會讓你(妳)恨不得趕快拆除，以一探究竟。

當然，一定要感謝秋芳老師，沒有她，就沒有今天的山鷹。

當年秋芳老師連續三年擔任九歌年度童話選的主編，她將二〇〇六年年度童話獎頒給林世仁，那時世仁已有盛名，號稱是「文字魔術師」，無論童詩或童話，成績斐然；二〇〇七年年度童話獎則頒給亞平，老師說她的作品「和人一樣，就像植物纖維，柔而韌……對於生命嚮往的堅持，讓人很難忘記。」也是得之無愧。

至於敢把二〇〇八年年度童話獎頒給電信人山鷹，一個兒童文學的門外漢，相信當時一定嚇壞了一票人，跌破一堆人的眼鏡。老師當時是否也遭到不平攻訐，或者異樣眼光，那我就不得而知了，只能佩服她的勇氣，希望能不負她的堅固信心。

最後要謝謝幼獅公司，是劉總編輯的慧眼青睞，《隔壁班的天才》才終於得以最佳容貌成書，優雅面世，成為小朋友們探討天文及生命源起的敲門磚和墊腳石。

感恩一切的美好因緣。

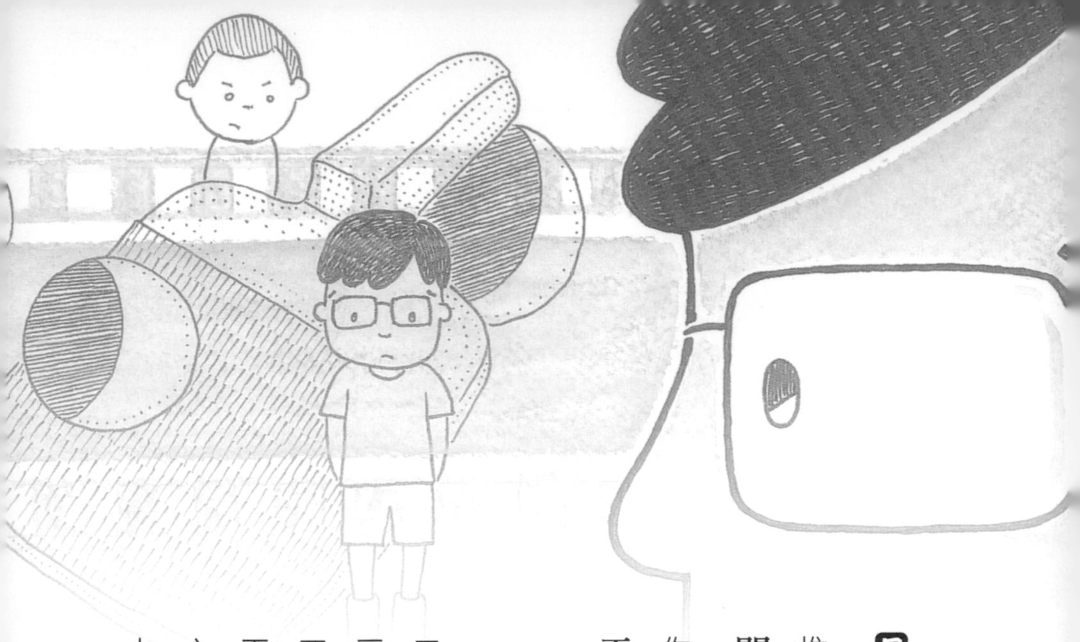

目錄

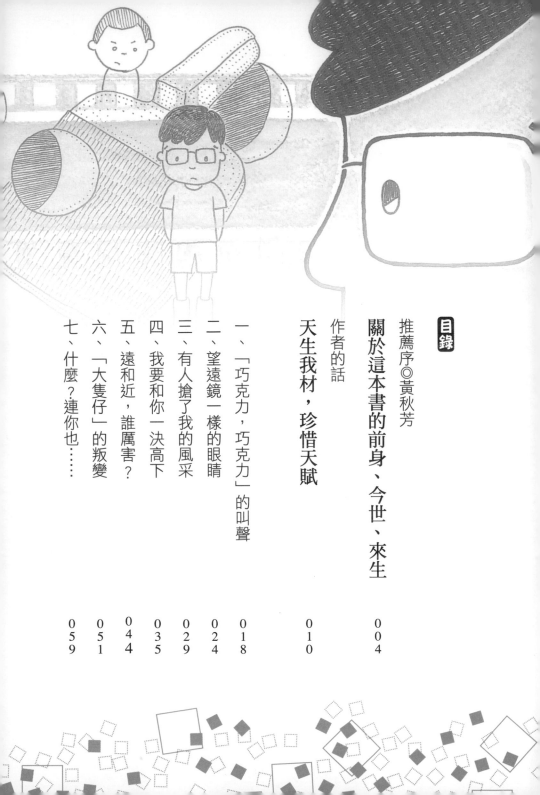

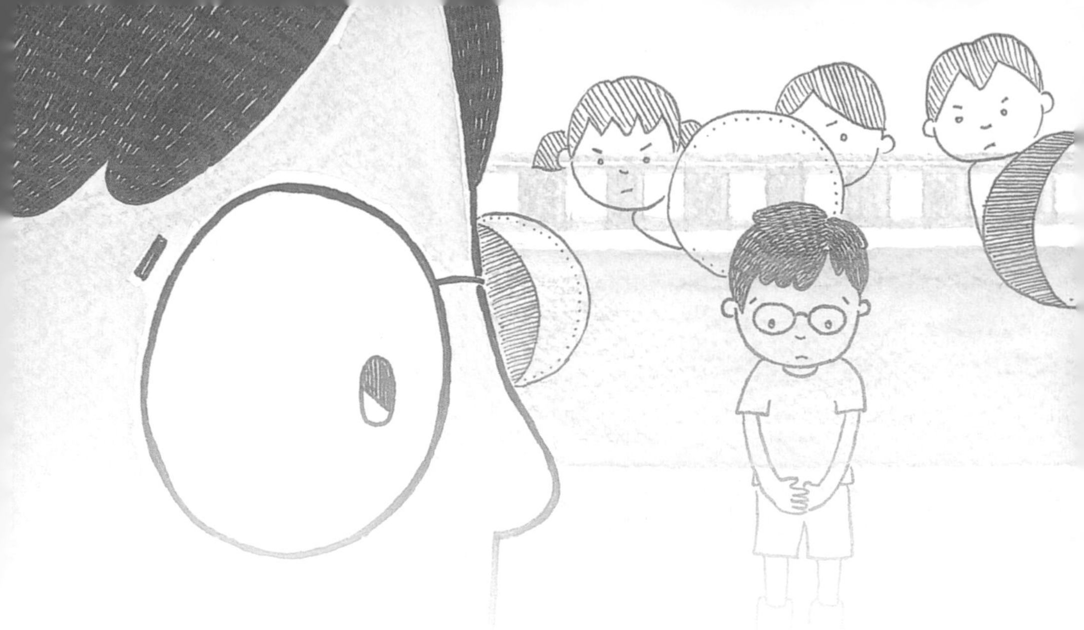

故事裡的科學

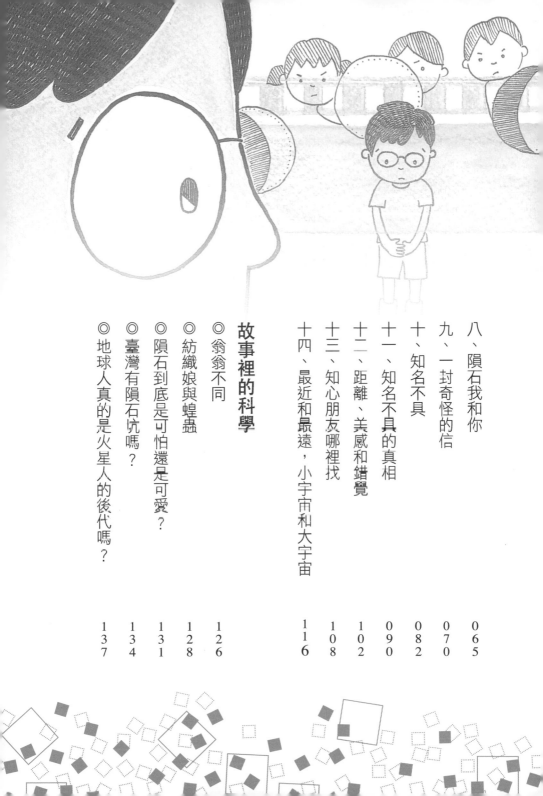

一、「巧克力，巧克力」的叫聲

夏天裡的一個星期六早晨，近郊向天峰向天池的路上，山嵐雲影，清風徐來，芬多精貫滿一群人的胸膛。

山路上，老老少少，怕不有二十餘人，有大人，也有小朋友，或兩人一組，或數人成群，停停走走，走走停停，大家互相提醒照料。

沿途只見同學們眼觀四面，耳聽八方，或俯首傾聽，或以雙筒望遠鏡，四處張望搜尋。

同學們個個精神抖擻，覺得目標近在眼前，所尋鳥兒即將手到擒來，舒暢滿足的感覺，溢滿臉上。

今天的校外教學，我和「石磨」一組，賞鳥協會的老師派給我們尋找「灰頭翁」的任務，觀察並記錄牠們點點滴滴的生態足跡，為即將舉辦的自然科學展做準備。

「石磨」是我對面街的鄰居，也是我的好朋友，我們從小一起長大，玩在一起，瘋在一起，可以說是焦不離孟，孟不離焦。

我們兩個和另一位玩伴「大隻仔」，號稱是芝蘭三結義，有空沒空時，總是廝殺鬼混在一起。

「石磨」的爸爸是賞鳥協會的理事長，一到假日，「石磨」跟著他的爸爸翻山越嶺四處尋鳥賞鳥，日子久了，累積的鳥類知識非常豐富，鳥兒的一舉一動，各種鳴叫聲音，完全瞞不過他的眼睛和耳朵。

和他一組，不知不覺中，我對觀賞鳥兒的興趣提高了不少，也漸漸能區別出，不同種類的鳥聲所代表的不同意義，不再總是霧裡看花，知「鳥」知面不知聲了。

「噓！『遠遠』，你聽到了嗎？」

「石磨」比了一個安靜的手勢小聲對我說，然後抬頭望向遠方的高空樹林，兩眼像鷹眼般，不停的張望和尋找。

「嗯。巧克力……巧克力……，的確很像是『灰頭翁』的叫聲。」

聽到「石磨」的話，我立即停止腳步，右手握成半月狀圈住耳朵，低下頭仔仔細細的傾聽。

「到底在哪裡啊？你看到了嗎？」

「石磨」來來回回找了半天，還是無法找到「灰頭翁」的位置所在。

「我看到了，我看到了，就在那裡。」

一邊看著手中的百鳥圖鑑，我舉起左手指向遠方的樹林天空，一隻「灰頭翁」在枝椏間跳上跳下、飛來飛去，音似「巧克力，巧克力」的叫聲叫個不停。

「在哪裡？在哪裡？」

距離真的太遠了，而且只是一隻小小的「灰頭翁」，難怪「石磨」看不到。

「就在那裡啊，十一點鐘方向，兩棵樹中間突出的樹枝上，跳來跳去的。」

「還是看不到耶……」

「石磨」從背包拿出一隻已經有點斑剝的雙筒望眼鏡，調整好焦距，順著我指的方向，一遍又一遍，來來回回仔細尋找。

「灰頭翁」是「白頭翁」和「烏頭翁」雜交生出的小孩，頭上的那一點不黑不白，不像他的爸爸或媽媽，頭上那點全白或全黑非常好認。還好，「灰頭翁」和他的爸媽一樣，叫聲類似「巧克力，巧克力」很好辨認，不然的話，想要找到牠，真的有點困難。

「還看不到嗎？頭上一些灰灰的毛，四五十公尺左右。」

「找到了。找到了。」

根據我提供的線索，「石磨」最後終於發現了「灰頭翁」的位置，高興的叫了起來。

「和你一組真好，『遠遠』，你真不愧是『超級望眼鏡』。」

「沒什麼啦，小事一樁。」

「石磨」從來不說我的好話，他說好朋友間只能麻吉來麻吉去，如果像別人那樣，整天只知甜言蜜語喇來喇去，就不是知心的朋友了。

今天他突然這樣讚美我，我的臉頰立刻紅了起來，有點不好意思。

其實，我已經很久很久不曾臉紅了。

二、望遠鏡一樣的眼睛

我叫陳志遠，現在六年級，和我比較親近的同學都叫我「遠遠」，不怎麼親近的同學叫我「超級望遠鏡」，他們都不叫我的本名。

這個綽號，來自五年級時的一次科學研習營上。

那次研習營的主題是「挑戰科學魔術」。

研習營的目的，在闡明許許多多的魔術，都是應用科學原理變出來的，不完全是障眼法或欺人的把戲。

例如把空瓶子裡的氧氣燒光，再利用大氣壓力，就可以把煮熟的雞蛋壓進瓶子內，使用的就是大氣壓力的原理。

不懂物理原理的人以為是魔術，好神奇啊！懂的人一點都不覺得奇怪，覺得這很正常。

那次魔術師要表演的，號稱是前無古人，後無來者的超級魔術。魔術師要變出一隻超級大的肉食大恐龍，並且伴隨恐怖的叫聲，魔術師還說：「歡迎挑戰魔術裡的科學原理」。

全場同學靜悄悄，大家屏息以待。

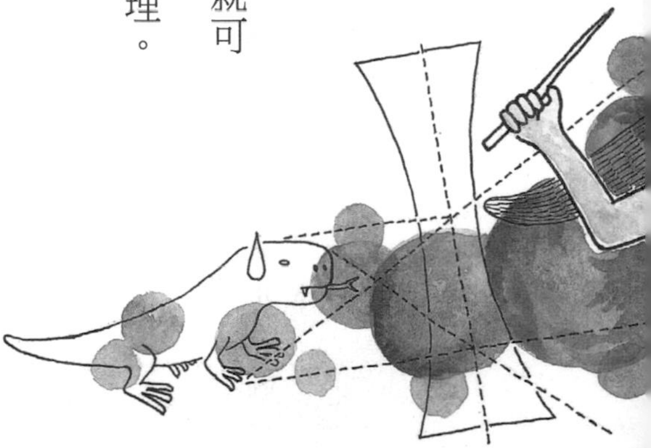

只見魔術師念念有詞，然後突然大喝一聲「變」，說時遲，那時快，一隻超級大活生生的恐龍，瞬間出現在大家眼前，不時還伴著陣陣恐怖的吼叫聲，好像要把大家吞進肚子裡似的。

「哇！」

「啊！」

「太厲害了！」

「怎麼可能？」

當大家興奮到極點，有些膽小的同學還害怕得兩腿發抖、臉色慘白時，我立刻安慰大家說：「不用害怕啦，只是利用聲光道具變出來的假恐龍罷了。」

魔術師聽到我的話，用一種挑戰和訊問的口吻對我說：「你知道怎麼變出來的嗎？知道其中的道理嗎？敢上臺來嗎？」

既然魔術師這樣說，我立刻走上臺去，眼光一掃，雙手用力一拉，魔術師身旁的一條大披巾被我掀開，一組音響，一隻巨蜥和一個大凹透鏡，立刻出現在眾人眼前。

原來魔術師利用一片巨大的凹透鏡，再配上超級音響，拿捏好時間，把巨蜥變成超級可怕的大恐龍。

魔術師一時之間愣住了，沒想到我竟然能夠指認出來，立即投給我一個嘉許的眼光：「嗯！不錯！接下來的魔術，看看你是不是也知道，當中的科學原理是什麼？」

「好啊，試試看。」

一陣子後，魔術師的臉色越來越驚訝，因為無論他的手腳如何靈活，手段怎樣巧妙，我都看得清清楚楚，明明白白，還能說出其中的科學原理。

自從那一天以後，同學們對我另眼相看，開始不叫我的本名，改叫我「遠遠」或「超級望遠鏡」，他們說，我的眼睛，就像望遠鏡般的神奇，遠遠的東西都能鉅細靡遺，看得很分明。

「『超級望遠鏡』，你和『石磨』一組；還有，別忘了帶『望遠鏡』。」

日子久了，有時候，連老師都不經意直接喊我的綽號，像今天，老師就是這麼叫的。

三、有人搶了我的風采

最近我上學回家都一副無精打采，魂不守舍的模樣。

「沒事。沒事。」

媽媽問我怎麼了，我總是吱吱唔唔不想回答，總是能閃就閃，能躲開就躲開。

「有人搶了我的風采」這種事，怎麼能夠向媽媽說呢？當然更不能向爸爸和爺爺提起了，他們一定會說我太小氣了。

我以前不是這個樣子的。

每天我都高高興興快快樂樂上學，回家後我會拉著媽媽，興高采烈說著學校裡發生的事，一件又一件。

一旁的爺爺聽完我說的趣事，總是呵呵的笑著。

因為，我永遠都是校園裡的主角，同學口中的話題，神奇有趣的事總是圍繞著我轉，我的周圍永遠圍著羨慕的眼珠子。

這都要歸功於我們家族的特殊能力，無論距離有多遠，即使遠到青山頂頭，白雲盡處；更或者，遠到嫦娥居住的月亮，牛郎織女會面的星空鵲橋，我們家族都能一窺究竟。

我的年紀雖然還小，已能把天賦盡情發揮，爸爸和爺爺都說，如果我繼續努力不懈，將來一定可以成為一位了不起的科學家。

一直以來，我也以能成為全宇宙最頂尖的探險科學家自我期勉，每天高高興興的上學，快快樂樂的回家，日子過得好不愜意。

這學期學校來了一位轉學生改變了這種情況。

起初我不以為意，一段時間以後，我發覺，大事不妙了。

轉學生也是一位具有特殊能力的學生，雖然不能像我一樣，能夠看到很遠很遠的事物，但是他和我相反，可以看到很近很近，一般人無法看到的，超級近的東西，就像電子顯微鏡一般。

舉個例子說吧，他可以告訴你，頭髮尾端的分岔是岔左，還是岔右；他甚至還可以告訴你，藏在爺爺奶奶又老又皺皮膚裡的「膠原蛋白」和「彈性蛋白」，如何隨著爺爺奶奶走過的年輕歲月，逐漸老化和缺乏彈性。

轉學生的名字叫吳進，綽號「近近」，聽說是轉學第一天，他們班送給他的。

他們那一班有一位愛哭鬼，動不動就流眼淚，最麻煩的是，常常哭到聲音沙啞了，還不停止。

那一天愛哭鬼被老師罵了一下，開始時只是小聲低泣，後來越哭越大聲，最後竟然號啕大哭起來。

換作是別人，哭了一段時間後，聲音會漸漸變小沙啞，最後停止哭泣。可是他不是，他是越哭越大聲，哭到被罰到教室後面去哭，哭到老師額頭上的三條線都變成五條線了，還繼續哭。

吳進看到了這一幕，覺得愛哭鬼這樣哭下去不是辦法，他請求老師允許，起身走到愛哭鬼的面前，先是低頭看了一下愛哭鬼的鼻子和張開的嘴巴，然後以姆指和食指按在愛哭鬼的鼻梁兩側，上下來回按摩，一段時間過後，一聲極其細微的「啪」聲響起，愛哭鬼就逐漸哭聲變小，最後終於不哭了。

事後吳進告訴大家，淚水由眼睛外上方的淚腺分泌，用來溼潤眼睛，多餘的淚水則經由眼角內側的鼻淚管流至鼻子內排出。當鼻淚管阻塞時，眼睛表面便會積水，出現溢淚、分泌物增加、眼睛紅腫和視力模糊等症狀。

吳進還說，鼻淚管末端接近鼻腔的位置，有一層薄薄的瓣膜，這片瓣膜若無法開啟，就會導致淚液的排泄不通。

吳進說他發覺愛哭鬼的「鼻淚管」超小，瓣膜開啟不佳，以致淚水無法順利排除，越積越多，最後引發惡性循環，所以才會一直哭個不停。

經過吳進的說明後，他們班第一次聽到「鼻淚管」這個名稱，也才知道，人們所以會淚眼汪汪，有可能是「鼻淚管」不通在作怪。

那一次以後，他的同學改叫他「近近」，因為他的眼睛可以看到一般人看不到的東西。

四、我要和你一決高下

「近近」沒來以前，學校裡發生的大大小小，稀奇古怪的趣事，永遠以我為中心。

「近近」來了以後，以我為焦點的事情變得越來越少，有時候，甚至變為零。

「哼！等你的新鮮感過了，看你還跩不跩？」

對於「近近」的出現，我真的覺得很不是滋味，心裡有氣，但是礙於長輩的教訓，又不好說些什麼，只能暗地裡自己安慰自己。

我的爺爺常說：「我們是看遠的人，心胸一定要開闊。」

爸爸也說：「心胸越開闊，才能看得越遠。」

爺爺和爸爸的話沒錯。

我發覺，只要我一有嫉妒「近近」的心理，就再也看不清遠處山頭白雲的跳舞，或者青色森林上金鷹的飛翔。

一旦心生恨意，輕則眼睛開始變花變黑，即使近在眼前的桌椅，都看不清楚；重則整天無法閉眼，根本無法休息，累得眼睛腫成大黑眶。

哇！好可怕，我真的害怕死了。

「到底應該怎麼辦才好呢？」每天我都問自己好幾遍這個問題。

想告訴爸爸，又怕被爸爸罵，說我心胸不夠寬大；想請教爺爺，也怕爺爺笑，笑我小小年紀就學會懷疑和嫉妒，品德不佳。

我聽從爸爸和爺爺的話，努力學做一個心胸寬大的人。

但是，我的苦惱無人可以訴說，真的很難過啊！

偏偏老天爺好像喜歡作弄人似的，好巧不巧，「近近」的班級竟然就在我的隔壁班，更巧的是，他和我最要好的朋友，「石磨」和「大隻仔」，同一班，反而沒有和我同班。

「遠遠，你知道嗎，我們班新來的同學好神哦！」有一次「石磨」對我說，「他跟你一樣厲害。」

「怎麼個厲害法？」連「石磨」都這樣說，讓我有點吃味。

「生物課時，他指出了老師的錯誤。」

「這算什麼厲害？」這種事我也會也曾做過，不算什麼。

「當然厲害，不說你不知道，說了你會嚇一跳。」

「哦，真的嗎？說來聽聽。」

「你知道紡織娘嗎？」

「廢話，我當然知道。」

紡織娘是蝗蟲的遠房親戚，雖然長得很像，卻也很容易分辨，一看就知道誰是誰了。

「自然老師拿了一小節昆蟲的後肢，要大家根據腿的特徵，說出他的主人是誰。大家都說錯了，全班只有『近近』答對。最妙的是……」「石磨」停頓了一下，看看我，「『近近』不僅答對了，還指出老師的答案是錯的。」看我一副不以為然的表情，「石磨」加油添醋，越說越誇大。

「老師的答案怎麼會是錯的？」

「因為老師匆忙之間拿錯了標本，本來要拿蝗蟲的標本，慌忙中卻錯拿到紡織娘的標本，『錯把馮京當馬涼』。」「石磨」說完話，臉上一副羨慕和崇拜不已的表情，讓我很吃味，快樂不起來。

另一次讓我更不爽，更快樂不起來的事，發生在最近，「大隻仔」竟然背著我，和「近近」一起去參加生命科學研習營。

我說過，「大隻仔」、「石磨」和我三個人從小最要好，「大隻仔」和我更親近，因為他個子大，才小六身高已一百八以上，不僅打得一手好籃球，灌籃尤其厲害，加以他心地善良，在同儕間人緣非常好。

我的身高不高，在同學中算是矮的，有些高個子的同學看我人小鬼大不順眼，常常想找機會霸凌我，但是只要看到「大隻仔」和我在一起，立刻就閃得遠遠的。

「大隻仔」是我的靠山。

「大隻仔」受人歡迎，日子原本過得很快樂。

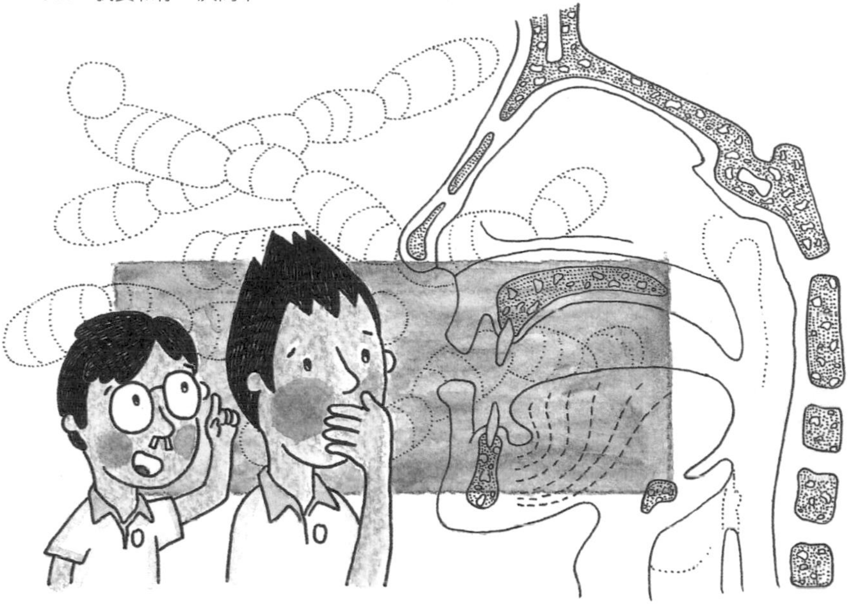

可是不知道從哪天開始，他的口中竟然開始冒出異味，一開口就臭氣熏人，同學都不願意和他談話，有些壞心眼的同學，背地裡開始叫他「臭豬」，讓他覺得非常難過。

「大隻仔」的口腔開始飄散異味時，原先還不以為意，有一天他發現，平常和他非常親近的副班長簡香云，遠遠看到他竟然立刻低頭走開，「大隻仔」的心靈嚴重受到傷害，心中開始淌血。

「大隻仔」試過各式各樣的除臭法，但是效果不佳，症狀時好時壞無法完全根絕，讓他的心情沮喪到谷底。

「近近」知道後，特別提供他一套對付「口臭」的方法，「大隻仔」照著做，沒多久口腔異味就開始變淡了，最後完全根除，人緣也跟著恢復，大家又和他玩在一起了。

「近近」說，我們的嘴巴裡住著五百多種細菌，它們最愛藏匿於牙齒和牙齦之間，以及舌頭表面；其中，舌根更是細菌的大本營，刷牙時最容易忽略。

「近近」說，「大隻仔」口臭所以無法根絕，因為他沒注意到刷除舌根的細菌所致。

「大隻仔」因此對「近近」感謝的不得了，和「近近」走得越來越近，和我越來越疏遠了。

本來我和「近近」井水不犯河水，我走我的陽關道，他過他的獨木橋，彼此還算相安無事。

可是一連串的事件都衝著我來，讓我恨得牙癢癢的，即使我的肚量再大，忍耐力再強，也有裝不下的時候啊。

「『近近』，我一定要和你一決高下。」

最後當「大隻仔」捨棄和我一起參加天文研習營，跑去跟「近近」參加生命科學研習營時，我的憤怒終於爆發了。

五、遠和近，誰厲害？

上學期結束前，學校甄選參加國科會舉辦的「小學生國家奧林匹克科學競賽」代表，我和「近近」都被選上了，他參加的是「生命科學小奧林匹克賽」，我參加的是「天文科學小奧林匹克賽」。

「我一定要在最短時間內

得到第一名，讓同學再度注意到我。」雖然我和「近近」的比賽項目不同，但是我決心要在最短時間內勝出，以便創下新紀錄。

自小我就對天文非常有興趣，由於天賦和爺爺爸爸的努力教導，我的天文知識非常豐富，對宇宙的了解，遠遠超過一般的同學。

例如我對指北星的認識，一般同學只知道北極星是唯一的指北星，這其實並不正確。

在宇宙億萬年的歷史中，「天鵝座」的「天津四」和「仙王座」，都當過指北星。

我還知道，太陽系中，不是只有土星有光環，天王星就穿著十一個「垂直光環」，和土星的「水平光環」完全不同。

還有，在我們的地球，太陽從東方升起，西方落下；可是在天王星和金星，太陽則是從西方升起，東方落下。

還有……

還有……

由於我能看得很遠，對星空的觀察自然和別人不同，我的觀察更清楚更細膩，星座的傳奇和傳說，又是如此的神祕吸引人，就好像水幫魚，魚戲水一樣，時間久了，我當然成為同學和老師眼中的天文小達人了。

出發比賽前，我的心中充滿自信，覺得冠軍非我莫屬，新紀錄即將創立。

那裡知道，最後我並沒得到冠軍，連名次都沒拿到，更別說創下什麼紀錄不紀錄了。

我敗在「觀星之夜」那一個晚上。

那一夜，全體參賽者聚集在大樓屋頂上，比賽題目是看誰能在最短時間內，正確指出北極星的位置，同時標示出大熊星座和小熊星座的相對方位。

在有光害的地方找星星，本來就不是一件容易的事，何況是在都市的屋頂上找星星？

對別人來說，這很難，對我來說，這太容易了，根本就是十拿九穩的事。

可是我太好勝了，認為這是讓同學知道，我比「近近」更厲害的好機會，心裡想的，都是如何在最短時間內拿到冠軍及創立新紀錄，重新贏回同學對我的注意，忘了爸爸和爺爺一向對我的忠告。

那一夜，無論我如何用盡我的眼力，使出吃奶的力量，完了，我竟然看不到小

熊星座和大熊星座的方位，更別說北極星的位置了。

我的眼睛變模糊了，暫時瞎掉了。

就這樣，我失掉了垂手可得的冠軍。

「近近」呢？

他得到他們那一組的冠軍。

聽說他得到冠軍的最大因素，是他辨識出真絲枕頭和人造絲枕頭的「比賽態度」。

最後一天他們那一組的所有參賽者，被帶到一家百貨公司的家具部門，主考官要他們挑出藏在人造絲枕頭裡的真絲枕頭，並且寫出辨別的方法。

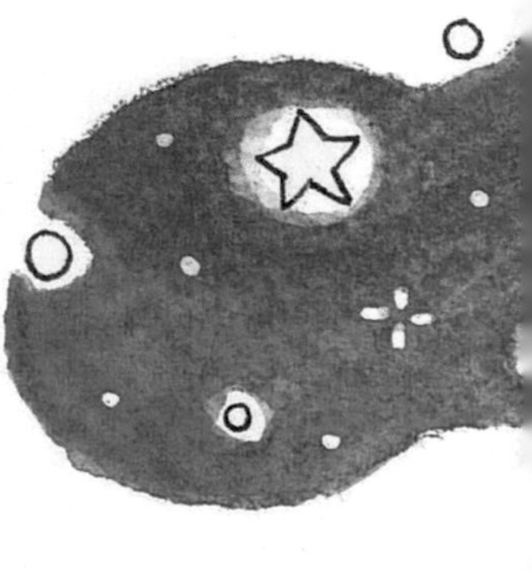

對「近近」來說，這根本就是輕而易舉的事，「近近」一下子就找出來了。

「近近」快速找出真絲枕頭的能力，固然令主考官印象深刻，但不是主要原因。

最讓主考官欣賞的，是「近近」的態度和說法，他說他憑藉的，是他的特殊才能，不是真本領，主考官不用給他高分。

但是主考官最後還是評他為第一名。

主考官說，能夠謙虛憑藉天賦的人，永遠值得鼓勵。

六、「大隻仔」的叛變

那一次失敗以後，我和爺爺爸爸一起檢討，最後終於知道，我失敗在自己的嫉妒心和心胸不夠開闊上，因此眼睛才會短暫失明；我也痛定思痛，謹記並聽從爺爺的勸告，不再和「近近」爭鋒比拚，只和過去的自己較量。

爺爺說得對，水果和青菜是不能拿來比的，也毫無意義。

爸爸也說，科學應該站在求異和認同的路上，不是用來爭強鬥勝、爭風吃醋。

話雖這麼說，但人性是善忘的，尤其我只是一個小朋友，一段時間以後，我又漸漸忘了爺爺和爸爸的叮嚀。

有一句話說，唱的比說的好聽，意思是說，說比做容易，這話完全不假。

記得嗎？上次「大隻仔」拋下我，跑去和「近近」一起參加生命科學研習營，讓我耿耿於懷，對「大隻仔」有所不滿，連帶對「近近」也心存芥蒂。

雖然我聽了爸爸的勸，知道不該為一點小事想不開，可是，畢竟我是小孩子，無論我多麼努力，始終無法將爸爸的話，二十四小時掛在耳邊，讓心情真正放鬆下來。

「哼！光環是我的，別想搶走。」我的心中一直記著這件事。

「大隻仔」要交新朋友，管他是誰，我都沒意見，因為不論他的新朋友如何不得了、了不起，絕對奪不走我在「大隻仔」心目中的地位。

唯獨要和「近近」交朋友，讓我心裡悶悶不樂，我知道「近近」絕對不一樣，他不是省油的燈。

「『遠遠』，你知道恐龍為什麼會從地球上滅絕嗎？」有一次「大隻仔」突然這麼問我。

「當然，因為隕石撞擊地球的緣故。」

恐龍是出現在二億四千五百萬年前，繁榮於六千五百萬年前的中生代爬蟲類，但是在白堊紀末期的滅絕事件中被完全滅絕了，成為地球生物進化史上的一個超級謎團，這個謎至今仍舊無人能解。

對於身體龐大，有如一座小山的梁龍、腕龍、地震龍和圓頂龍等草食性恐龍，外型憨厚可愛，動作緩慢優雅，只要一見，沒有人不喜愛非常的。

對於迅猛龍、異特龍、棘龍和暴龍等肉食性恐龍的殘暴和爆發力，男孩子們只要一談起，必定口若懸河、比手畫腳，辯論是暴龍厲害，還是迅猛龍厲害？一旦打起來，誰勝誰負？

至於恐龍為什麼會在六千五百萬年前突然自地球上消失，除非被老師要求寫作業、做研究，根本沒有人有興趣想知道，更別說深入探討了。

因為我看得遠，一直以來，對星空的奧妙非常有興趣，自然就漸漸涉入天文學領域，知道目前最被大家接受，恐龍所以會滅絕的原因，因為一顆超級大的隕石，直徑大約十公里，衝破地球大氣層直接撞擊到地球的緣故。

墜落的隕石造成大地震和火山爆發，火山爆炸噴出的有毒煙塵，遮閉了整個天空，讓陽光無法穿透雲層照射進來，歷時數個月，植物因此無法生長逐漸枯萎，草食恐龍沒了食物，統統餓死了，肉食恐龍無肉可吃，接著也滅亡了。

「不對！」沒想到「大隻仔」竟然一口否決我的說法。

「不對？哪裡不對？那你說說，恐龍為什麼全部死光光了？」

「是造山運動造成的結果。」

「造山運動？什麼是造山運動？」

「在白堊紀末期時，地球發生劇烈的造山運動，因此使得沼澤乾涸，許多以沼澤為家的恐龍無法再生活下去，因此逐漸滅絕了。」

「嗯，是有此一說。誰告訴

你的？」我不否認，這是恐龍所以滅絕的幾十種假設中的一種說法。

「大隻仔」和大部分的男孩一樣，只對恐龍的打打殺殺有興趣，我不相信，他會想要研究恐龍滅絕的原因。

我懷疑，可能是「近近」告訴他的。

我還聽說，「近近」因為具有特殊能力，能夠看得細微清楚，因此對地質學的土石層結構，有很深入的研究。

「『近近』告訴我的。」

「果然是他！」

一聽真的是「近近」，我立刻心生不悅，覺得「近近」在搶我的好朋友，暗中在跟我作對。

「不對啦。造山運動不是根本原因，你不要聽他胡說八道。」

「他沒有胡說八道啦，他還給我看了好多好多的圖片，慢慢解釋給我聽。」

「哦？圖片，哪裡的圖片？」

「他家裡的圖片。好多好多喔。」「大隻仔」開始比手畫腳，「你知道嗎？『近近』好有學問喔。」

「哼！學問不是拿來賣弄的。」

沒想到我最要好的朋友，竟然不告訴我一聲就獨自個兒跑到「近近」家裡鬼混，還口口聲聲說他多好多棒。

我實在忍不住了，「『近近』你別太得意，有機會，我一定要讓你吃不完兜著走。」

七、什麼？連你也……

「石磨，整個暑假你都跑哪兒去了？到處找不到你。」

最近好長一段時間都看不到「石磨」的身影，即使路上偶爾碰到了，他也是匆匆照個面，連打招呼都青青菜菜，掉頭匆匆走人。

太奇怪了！「石磨」以前不是這個樣子的。

明明是鄰居，就住在對街，是我從小玩到大的好朋友，根本不該如此啊！

還有，他爸爸是賞鳥協會的理事長，他自然常常跟著爸爸四處尋找鳥蹤；自從那次我幫他找到「灰頭翁」後，他對我從此另眼相看，一到假日就來邀我一起去野外賞鳥，對我倚賴日深。

「參加考古營去了。」

「考古營？什麼樣的考古營？」

一聽「石磨」這麼說，我的心中立刻升起一堆疑問，賞鳥人跑去考古營做什麼？

「化石考古營。」

我的朋友之中，「石磨」可以算是個鳥類小達人，因為他爸爸的緣故，耳濡目染久了，對科學大師演化論的作者達爾文非常崇拜，決心要效法他，長大後到世界各地去旅行，採集鳥類標本，研究鳥類如何因時間和地理環境的不同，逐漸演化的事證。

「石磨」曾經對我講述過達爾文的發現，因為競爭，同種鳥類為求生

存，鳥喙會因為環境不同、需求不同，產生微小的變化。

也因為這種微小的改變，某些鳥類才能繼續存活在世界上；不能因應環境而改變的鳥類，則全部滅絕了。

「石磨」還說，想要區別鳥喙的微小不同，可以從鳥類化石入手，這需要細心觀察、大膽假設和小心求證，都是非常厲害的本領，因此他才會去參加化石考古營。

「那你學到需要的本領和技巧了嗎？」

「對！幾乎都學會了。」

「哇！太棒了。」

「那是因為我有一位好朋友全力幫忙，所以才能事半功倍。」「石磨」說：「我們兩個幾乎成了無話不說的好朋友，真的有相逢恨晚的感覺。」

「哦？他是誰？」聽「石磨」這麼說，我的心裡立刻湧出一股氣，覺得有點不是滋味。

一直以來，我覺得我們倆才是無話不說的好朋友，只是，只是……最近我倆有點疏遠了。

「說起他，你一定會嚇一跳……」「石磨」轉頭瞄了我一眼，欲言又止。

「到底是誰啊？快說。」「石磨」存心吊我胃口。

「就是『近近』啦。」

「什麼？又是他。」

那一次以後，「石磨」好像和我越走越遠了。

每次偶爾碰面，他不是說「近近」多好多棒，就是說「近近」又教了他什麼化石分析的技巧，讓他分辨鳥類化石的功力大進，甚至光從骨頭，就能判斷出骨頭的主人是誰。

「近近」的出現，讓我危機感日深，先是「大隻仔」，然後是「石磨」，難道，難道，我的光環即將消失不見，不再具有吸引力了嗎？

「『近近』啊！『近近』啊！為什麼你要奪走我的光環和好朋友

呢？」

有時候在滿天星星的晚上，我在觀星以後，都會沒來由的興起「既然生了周瑜，為何還要生下諸葛亮」的妒嫉念頭。

然後趕緊警戒自己：「不可以。不可以。我是看遠的人。」

至於「石磨」，因為得到「近近」這個具有特異功能的好朋友，時常相互往來、彼此印證切磋，竟然漸漸變成化石小專家，進階成為同學間的恐龍化石小達人了。

八、隕石我和你

「呼！終於等到了。」

等了一個多月，日盼夜盼的《小牛頓》科學雜誌，終於寄到家了。

《小牛頓》月刊是爸爸特別為我訂閱的科學雜誌，我非常喜歡這本雜誌，專家們的報導和文章，常常讓我愛不釋手，不僅讓我長了知識，更讓我立下將來要當一名天文科學家的志向。

前一期的文章裡，有一篇有關羅賽塔太空船登陸67P／楚里烏莫夫——傑拉希曼科彗星事件的報導，科學家描述的總總，幾乎和電影裡演的，登陸艇載著視死如歸的太空人，歷經萬險，終於降落在噴發著致命氣體的彗星表面，將核子彈埋入地底，一舉炸碎彗星，從而拯救了整個世界的場景幾乎完成相同，只是太空人換成登陸艇菲萊和機器手臂罷了。

文章的結尾有一個小小的徵文啟事，編輯希望小讀者們讀完報導後，寫一篇一千字的讀後感投稿到雜誌社，他們將會擇優發表，並且頒發獎狀給入選的小讀者。

對於隕石的種種知識，從來我就非常有興趣，平時也搜集累積了不少相關資料，因此就寫了一篇讀後感投寄給他們。

一個半月後接到通知，我的文章中選了，將會刊登在下一期的雜誌上，讓我心裡飄飄然，整個身體騰雲駕霧般似的，舒暢極了。

我立刻翻開雜誌找到自己的文章，左看右看、上看下看、一行行看、一字字看，越看越佩服自己，哇！滿意的不得了。

「咦？這是……」

突然間我像被電到似的，一個熟悉的名字飄落眼前——「吳進」。

「這不是『近近』嗎？」

沒想到他也投了稿，而且，和我一樣，文章也入選了。

我仔細看完「近近」的文章後，發覺他對彗星或隕石的了解，不僅非常豐富，許多觀點都和我一樣。

科學家說，隕石一般分為五種——石隕石、鐵隕石、石鐵隕石、月球隕石和火星隕石，造成恐龍大滅絕的，到底是石鐵隕石或其他的隕石，科學界至今還沒有答案。

而所謂隕石，就是沒被大氣層燒燬，掉落在地球上的彗星。

「沒想到『近近』竟然和我有著相同的興趣。」

我還發覺，「近近」對月球隕石和火星隕石的看法，和我大致相同，我們都對這兩種隕石，懷抱著極大的希望和憧憬。

因為地球和太陽同時出生，而彗星和太陽都於46億年前誕生，若明白了彗星的組成成分，間接就說明了地球是怎麼生成的。

事後我仔細再想想，「近近」會喜歡隕石是必然的結果，因為他能夠看得非常細微，如果再加上科學儀器的補助，努力研究，將來一定是位傑出的科學家，對地球科學會有巨大的貢獻。

「嗯，『近近』，我對你越來越有興趣了。」第一次我發覺，「近近」不是那麼令人討厭，「或許，我們倆也可以當個好朋友。」

九、一封奇怪的信

「志遠，桌上有一封你的信。」

晚上放學後，前腳才剛踏進家門，書包都還沒卸下，正在廚房裡烹煮的媽媽一眼看到我，轉頭對我說。

「什麼？信？給我的？」

聽媽媽這麼說，我愣了一下，這個時代網路這麼發達，電郵、臉書、推特、Line……，有事沒事大家電來電去，賴來賴去；有「臉」時洗一下「臉」，沒「臉」時藏污納「臉」，都什麼年代了，誰還寫實體信啊？太奇怪了。

話說回來，誰會寫信給我呢？難道，難道……

我越想越覺得很有可能是她，莉莉。

我的女粉絲一大堆，莉莉尤其崇拜我，每次我看到她兩手托腮，沉醉聽我述說和講解天文故事時，原本粉紅的臉頰更顯桃紅，雙眼透出渴望的光采，我很確信，她一定暗中在愛慕著我。

哈！沒錯，一定是她。

但是我萬萬沒想到，她竟然這麼大膽，直接寫信給我。

「哇！這麼大的信封？」

看到書桌上擺著一個超大牛皮紙袋信封時，我又愣了一下，臉上的驚訝表情，絕對不輸馬戲團裡的小丑演員。

的確是信沒錯，但既不是長長方方、標準信封那種白色信封，更不是

我心中想的，寫著娟秀字體，飄散著淡淡香味，裝著粉紅色信紙的粉紅色信封。

說它是封信，不如說是包裹還比較適當。

牛皮紙信封上貼著用電腦打的大大的黑色標楷字——陳志遠同學收。

嗯，給我的沒錯。

但是，但是，幾百年沒收過實體信了，誰會這麼無來由的寫信給我？做什麼來著？

我立刻找來剪刀剪開，發覺裡面裝著另一個中型黃色信封。

第二個黃色信封上打著幾個字：

人類從哪裡來？

「人類從哪裡來？」

看到這幾個字，我的心像一艘破了一個大洞的船，嘩啦啦水漫了進來，一下子沉到了湖底；本來急欲一睹信中寫些什麼的欲望，涼了，散了。

根本不是我想的那回事，莉莉根本沒有寫情書給我，我是一廂情願，自作多情。

我很確定，莉莉的腦筋簡單，不會問這種傷她腦筋的問題。

我不禁狐疑起來，是不是有人故意惡作劇戲弄我？存心想讓我難堪？

話說回來，「人類從哪裡來？」嗯，這倒是個好問題。

人類從哪裡來不僅眾說紛紜，至今沒有標準答案，還是一個千古無解的難題。

《聖經》上說，人類是上帝創造的，亞當和夏娃被從伊甸園趕出來，亞當和夏娃就是人類的祖先。

佛祖說，人類由萬物不斷輪迴出生，佛經上有很多例子，有人從螞蟻輪迴為人，有人由鳥雀輪迴為人，有人由……

達爾文說，人類從人猿進化而來。

科幻作家說，地球上的人類是外星人從外太空帶來的。

……

「哼！誰管人類從哪裡來的？問這種沒有答案的問題。」

到底是誰這樣搞怪啊？寄給我一封無厘頭的信，問我一個無厘頭的問題，存心整我嗎？

如果我知道人類怎麼來的，那，我不就變成曠世天才，世界偉人了嗎？

哼！哼！氣死我了，害我空歡喜一場，以為莉莉真的……

不管它了，我繼續剪開第二個信封。

沒想到第二個信封裡面，裝著第三個信封，一個粉紅色的信封。

當我一眼看到粉紅色的信封時，剛才幾乎被湖水淹沒的希望，叮叮噹噹，叮咚叮咚，瞬間又敲鑼打鼓回來了。

粉紅色！耶！粉紅色，一封粉紅色的信封呢。

可是，可是，像第二封一樣，第三封信封上也打著幾個字：

生命從哪裡來？

「存心要我嘛！」

看到這幾個字，我不禁皺起了眉頭，心又涼了，「鐵定不是莉莉。」

於是隨手把信丟在桌子上，無精打采坐下來，拿出數學作業簿準備開始做功課，不再理會這封「生命從哪裡來？」的怪信。

問題是，我不理它，它卻開始理我，引誘我，有如一根綁著蚯蚓魚餌的釣竿，勾引我心中的好奇

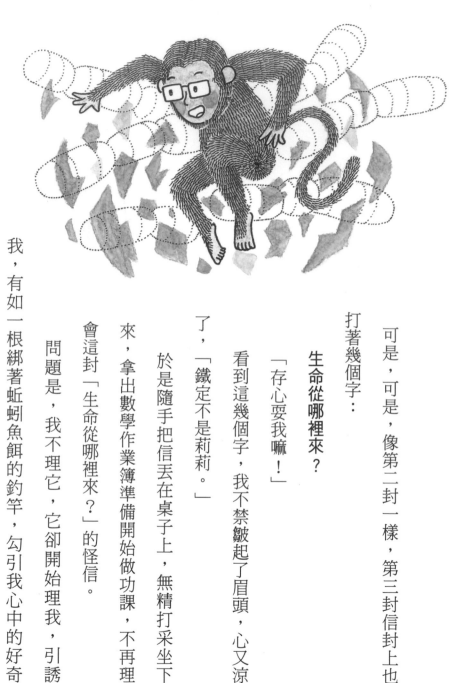

魚，繞著它游來游去。

「生命從哪裡來？」

「生命從哪裡來？」

在我們這種年紀，除了資優生外，大概不會有人關心這種問題，更不會有人問這個傻問題自找麻煩，若說關心自己的青春痘怎麼越來越多、越長越大，擠都擠不完的，保證一大堆。

不過，仔細想想，這個問題顯然比第一個問題更深入，更值得探討。

如果達爾文的演化論是真的，那麼，在有人類之前，必須先有人猿；在有人猿之前，必須先存在生命。

動物是生命。

植物是生命。

細菌是生命。

病毒也是生命。

這些生命到底從哪裡來呢？

是像孫悟空一樣，從靈石中蹦出來的嗎？

那……哪……那，石頭又是從哪裡來的呢？

還是無中生有？自混沌中產生？

混沌又是什麼？怎麼來的？

「嗯！你到底是誰啊？為什麼寫這種怪信給我？到底想幹什麼？寫信人，我開始對你有興趣了。」

我雖然覺得心中懊惱，但同時也升起一股強烈的好奇心，想要一探究竟。

於是，作業不寫了，再度拿起剪刀，剪開第三封信。

沒想到第三封信裡面裝的，還是信封，一個藍色信封，封面上寫著：

我是誰？

「我是誰？」你問我啊？自己告訴我不就得了嗎？

雖然一肚子的疑惑，不過，顯然寄信人「我是誰？」這個問題，不是真的要我猜他是誰。

他問這個問題，應該是接續上面兩個問題而來，這樣問，前面兩個問題才有意義。

地球上的生命百千萬種，除了人類會問「我是誰？」外，應該沒有其他生命會問這個問題。

機靈的猴子會問「我是誰」嗎？
萬獸之王獅子會問「我是誰」嗎？
勇猛的老虎會問「我是誰」嗎？
海中霸王殺人鯨會問「我是誰」嗎？
聰明的海豚會問「我是誰」嗎？
巨無霸鯊魚會問「我是誰」嗎？
天空之王老鷹會問「我是誰」嗎？
青空之眼孔雀會問「我是誰」嗎？
至於植物，更不可能會問「我是誰」了，不是嗎？
我想，寄這封信給我的人，問我「我是誰」，是否也在問「你是誰」，「他是誰」？

「我是誰？」，為什麼生在地球上？
「你是誰？」，為什麼生在地球上？
「他又是誰？」，為什麼也生在地球上？
生在地球上的你我他，到底我真的是我、你真的是你、他真的是他嗎？
還是說，改成我是你、你是他、他是我，換成別的名字，是不是也可以？
因為只有「我」才會問我是誰，這個「我」，怎麼來的？
等等等，等等等，會不會是我自己想太多了？
也許，他真的只是想告訴我他是誰。
說不定下一封信就有答案了。

十、知名不具

我不甘不願打開「我是誰」的信封，裡面果然有一張信紙，和另一個更小的紫色信封以迴紋針夾在一起。

「嗯，讓我瞧瞧這個奇怪的傢伙。」

像是快渴死在沙漠裡的旅人突然遇見綠洲，我迫不及待將信紙抽出打開來看，上面寫著：

嗨！你好。

你一定很奇怪，這封怪信從哪兒跑出來的？

先說一下，我是你的粉絲喔。

不過你別想歪了，也別高興的太早，我是男生，不是女生。

因為看到《小牛頓》雜誌裡你寫的文章，知道你有豐富的隕石知識，對天文有獨到的見解，令我非常佩服，想和你結交為友，共同討論。

我對火星隕石帶來生命的科學推論非常有興趣，不曉得你是否有這方面的獨到見解可以分享？

請打開紫色信封，我列了一些有關隕石和生命來源的問題，你可以說說你的看法嗎？

看到這裡，我停了下來，將問題來來回回想了幾遍，還把信紙從頭到尾，翻過來反過去翻了幾遍，就是找不到任何蛛絲馬跡，可以讓我知道寫信人到底是誰，何方神聖？

無奈之下，我剪開了紫色信封，一樣，裡面是另一封信夾在橙色信封上，信裡列了一堆有關隕石和生命來源的問題……

一、生命是地球自己產生的，還是隕石帶來的？

二、彗星塵埃帶來的有機分子，可能幫助地球產生生命嗎？

三、地球人是火星人的後

代嗎？

四、英國科學家在1998年墜落於摩洛哥的隕石中，發現距今46億年的含水結晶鹽岩，而水是構成生命的關鍵因素，這說明了什麼？

哇！哇！哇！這些問題雖然有趣，但是太難了，連最聰明的科學家都上天下地孜孜不倦找著答案，至今無法正確回答呢，遑論是我。

我無可奈何拿起橙色信封，上面斗大印著幾個字……

答案真的是這樣嗎？請看網資。

原來寄信人早已問過Google大神，找過資料了。

我不甘不願打開橙色信封，裡面是一張橙色的信紙，毫無意外的，又夾著另一個淡黃色信封，橙色信紙上寫著——

在推測生命起源之前，我們必須先給生命下個定義：

一、它要能繁殖後代，如此才能使生命長久延續；

二、它要能獲取「食物」，並排除體內的廢物，以完成新陳代謝；

三、本身組織需具有一定的界限，要能夠與環境區隔開來，例如「DNA」；

四、具有以上這些條件的，才可以說是生命。

關於地球生命的起源，其中有一個理論認為，生命或許很早以前就已經在太陽系外的太空深處形成，並藉著從天而降的隕石，將生命的種子帶到地球。

1969年，一顆隕石墜落在澳洲維多利亞省，科學家利用精密的電子顯微鏡透過嚴謹的程序，發現這顆在四十多億年前所形成的隕石中，具有某種「已成為化石的微生物」！

科學家觀察到，這顆來自外太空的隕石中，生命的形式與目前在炎熱的溫泉內、酷寒的南極冰層下、甚至某些具有強烈放射線的環境中，所發現活的微生物非常相似，都是屬於極端惡劣環境下，仍然能夠存活的細菌。

科學家幾乎可以確定，隕石中有不容置疑的「微生物化石」。

科學家也曾在隕石中發現構成生命物質之一的氨基酸，於是提出生命可能源自外太空的說法；最近科學家又在隕石內發現了複合醣，這更給生命源自外太空的理論，提供了另一項有力證據。

美國太空總署的科學家庫柏，曾在兩顆含碳量很高，而且含有氨基酸的隕石內找到「醣」化合物，這些化合物能夠提供能量，也為其他分子提供碳的架構。

庫柏認為他在隕石中所發現的醣化合物為一種「多元醇」，這顯示在地球形成的初期，多元醇就已出現，因此至少可以提供構成最初的生命使用，這種思考模式更加深了地球的生命源自外太空，由隕石帶至地球的理論。

資料的最後一行，寄信人說：請打開淡黃色信封，裡面有我的聯絡地址，請告訴我你的想法為何，好嗎？

我依言打開淡黃色信封，裡面果然寫著寄信人的地址。

新北市新店區光明街98-1號6樓

地址的下方，寫著……

知名不具

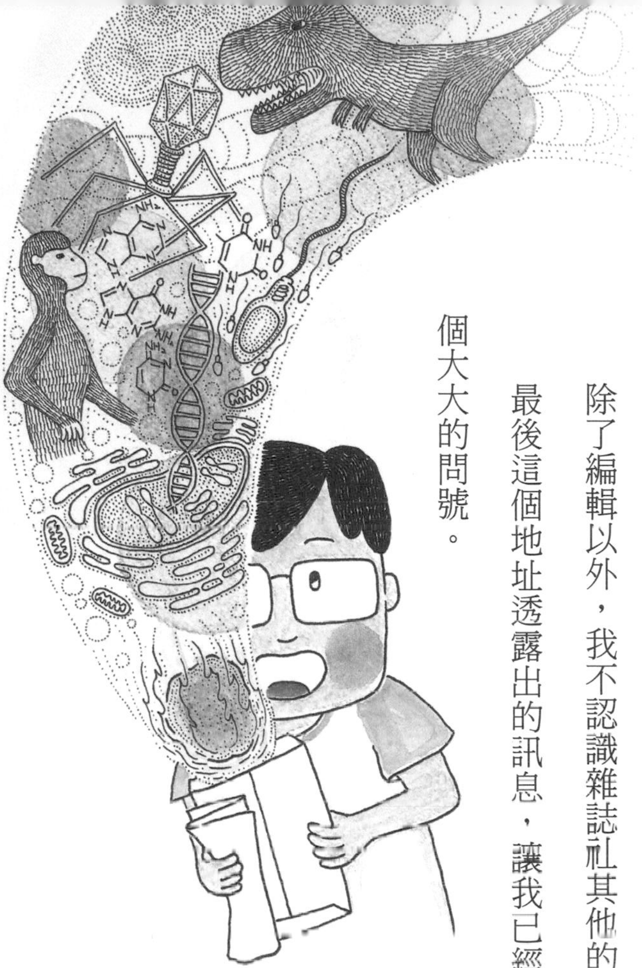

一眼看到這個地址，我覺得有點熟悉，印象中好像在哪裡看過，查了一下，果真沒錯，地址正是《小牛頓》雜誌社的地址，難怪我有印象。

難道，寄信人和雜誌社有關？

為什麼他說知名不具？

除了編輯以外，我不認識雜誌社其他的人啊？

最後這個地址透露出的訊息，讓我已經疑慮一堆的心底，又增加了一個大大的問號。

十一、知名不具的真相

我一直在想，一個連姓什麼名什麼都不知道的陌生人，給我寫了一封莫名其妙的信，對我提出一堆莫名其妙的問題，然後要我針對問題一一回答，還說認識我所以知名不具，到底是怎麼一回事啊？

但是他提出來的有關隕石和生命來源的問題，一直以來都是我非常感興趣的課題，從小我從爸爸和爺爺那裡，耳濡目染、積沙成塔，早已具備充足的知識足以答題了。

可是，說真的，這個陌生人算哪根蔥啊？

為什麼我一定要依著他的規則走，不能另闢蹊徑？

嗯，即使要回答，我也要用自己的方式。

對！以其人之道還治其人之身。

哼！不要以為只有你「知名不具」會耍把戲，要玩，就玩大一點。

最後，我並沒有給陌生人寫回信，反而由爸爸出面，與雜誌社共同辦了一個國家天文臺隕石參訪活動，我想從參加的人當中，找出這個陌生人到底是誰。

我有把握，他一定會參加。

可惜又事與願違，人算不如天算，活動辦完了，我並沒有找到我要的答案。

「知名不具」還是「知名不具」，到底他是什麼人，依舊充滿了神祕，讓人莫宰樣？

活動完畢在我離開天文臺時，社長交給我一個牛皮紙袋，囑咐我回家後再打開。

回到家後，我並沒有立刻打開，我太累了，躺在床上沒兩分鐘就睡著了。

第二天醒來，匆匆忙忙吃完早餐就上學去了，把社長交待的事忘得一乾二淨。

時間過了兩星期，有一天放學回家後，發覺我的書桌上躺著一封薄薄的信。

信的收件人是我沒錯，但寄件人地址那格，寫著「知名不具」。

「又是你！知名不具。」

看到「知名不具」四字，我不由怒從心生：「你是存心要來作弄我的

嗎？」

我氣沖沖立刻抽出裡面的信紙，發覺這次沒有另一個信封，信內只有七個字：

請打開牛皮紙袋

「牛皮紙袋？」

我猛然敲了一下自己的頭，「嘿，幾乎忘了。」

記得那天參訪活動回來後，我將牛皮紙袋隨手一扔就睡著了，「牛皮紙袋，牛皮紙袋，你藏在哪裡啊？」

東找西找找了半天，最後終於在書桌後的一堆雜物堆中找到了。

我立即找來一把裁信刀，慢慢劃破牛皮紙袋封口，首先露出來的，是一封信，信封上面印著幾個粗標楷體字：

我們能做個朋友嗎？

牛皮紙袋還裝著一個小小的硬紙盒，像裝金戒指的那種盒子。

我打開來一看，裡面有一塊用海綿包裹著的小石頭。

「這是什麼？」

我把小石頭倒出來拿在手上來來回回仔細觀看，久久看不出什麼名堂。

不得已，回頭去看看信上寫些什麼——

陳志遠同學你好：

我是吳進啦，《小牛頓》雜誌社的社長是我爸爸。

當天我本來也要參加參訪活動的，但是天不從人願，沒想到外婆前一

晚緊急住院，爸爸要我陪媽媽回南部探望外婆，所以就無緣和你會面了。

記得當我從外校轉到你們學校時，陸陸續續就聽到很多有關你的奇能異行；上次和「石磨」一起參加「化石考古營」後，又聽「石磨」談起你的種種轟轟烈烈的事蹟，尤其他說到你對隕石的研究非常深入，讓我心生盼望，希望有機會能向你討教一番。

上次給你寄去一層一層的怪信，並非我愛搞怪，那其實是我參加考古營時，老師們接二連三提出的問題。

第一天考古營老師還沒進入主題前，就先在黑板上寫了幾個字：

人類從哪裡來？

老師說，這和我們要上的課程「隕石」習習相關，要大家先想一想。

第二天考古營老師同樣在還沒進入主題前，就在黑板上寫了另外幾個字：

生命從哪裡來？

聽過第一天的課程和集體討論後，我對隕石和人類的關聯已經有了初步的認知，對老師提出這樣的問題，一點都不覺得意外。

人類從哪裡來，歸根究柢，其實是生命從哪裡來的問題。

第三天在正式進入探討生命本身以前，考古營老師又問了一個根本的問題：

我是誰？

這個問題，刺激大家更深入一層思考，智慧生命與非智慧生命的主要區別到底為何？

前幾個月我從《小牛頓》你的文章上知道，你的隕石知識非常豐富，我相信你對隕石——人類——生命——我的相互關係，一定也有比一般人更深一層的認知，所以仿照考古營老師的教法，一封信一個問題向你討教，並不是我存心搞怪。

人生真的很奇妙，沒想到你爸爸和我爸爸竟然是大學同學，還一起共同辦了個天文臺參訪活動，我以為我們終於可以面對面好好暢談一番了，但是天不從人願，外婆突然住院，讓我們又無緣相見了。

硬殼盒子裡的小石頭是一塊火星隕石，是從我爸爸珍藏的隕石塊分離出來的，送給你當作我們珍貴友誼的開始，好嗎？

請原諒我帶給你的不方便和疑問，希望我們很快就能一起坐下來，好好促膝長談一番。

知名「有」具，吳進上

「哈！你還是喜歡搞怪。不過……，還算幽默。」

看完吳進寫給我的信，終於弄明白整個事件的來龍去脈了；也知道他爸爸不僅是《小牛頓》雜誌社的社長，還是爸爸的大學同學，奇怪，爸爸為什麼沒告訴我？

「近近」的考古營老師說得一點沒錯，考古隕石的終極目的，是要了解人類從何而來，明白我是誰？為何生存在這個世界上？生命的意義為何？

自從接觸到隕石，豐富了隕石的知識後，我也一直在思考這個問題。

「『近近』啊，『近近』，我希望能夠早點和你坐下來，邊吃邊喝，好好談上一談。」

我相信，我們一定會成為相互扶持的好朋友。

NH2
N
NH
O
H
H2N
N
N
N
N
H

十二、距離、美感和錯覺

一個明亮美麗的假日午後，我終於在學校「靜月潭」單獨和「近近」面對面見面，我們兩人彼此細細打量著對方。

和「近近」正式照面後，一種陌生又熟悉的奇怪感覺，竟然升上了我的心頭，盤據住我的內心。

奇怪，我竟然不再感到嫉妒和害怕，反而被一種相見恨晚，惺惺相惜的情愫，逐漸漫滿心湖。

我的心清楚明白，我們，是同一國的。

「智遠同學你好！我是吳進，謝謝你對我的忍耐。」果然不出所料，

「近近」有著和一般人不同的氣質，他大方伸出友誼的手。

「你好！我是陳智遠，很高興認識你。」我也立刻伸出雙手，緊緊握住「近近」。

「聽說你能看得又遠又清楚，什麼都難不倒你，真是了不起。」

「哪裡哪裡，也不是什麼都看得見，像舌根裡藏著細菌，我就看不見，你才了不起。」

「不！不！不！你把我說得太過了。看得到細菌並不是什麼了不得的事，每次我說出活在人體內的壞細菌時，身體的主人就害怕的不得了，我實在不想看到他們害怕的模樣。」

「說的也是。我也不想看到別人看不到的東西，說出來破壞了美感。」

「哦？怎麼說呢，能舉個例嗎？」

「例如圍繞在土星周圍的土星環，其實只是一層層的冰塊和石頭；又像是美美的月亮玉盤，說穿了，根本就是一塊反射太陽光的大石頭。」

「嗯，看得太清楚，有時反而把美感都破壞掉了，這一點，我深有同感。」

「哦，你看得這麼近，也有這種問題嗎？」

「怎麼沒有。」

「說來聽聽，好嗎？。」

「你知道林大美人吧？大家都說，她美得令人無法逼視，事實上也……『的確如此』。在我眼裡，林小姐的臉又是坑又是洞，那裡稱得上美，根本令人不忍目睹。可是，這些話我能說出來嗎？」

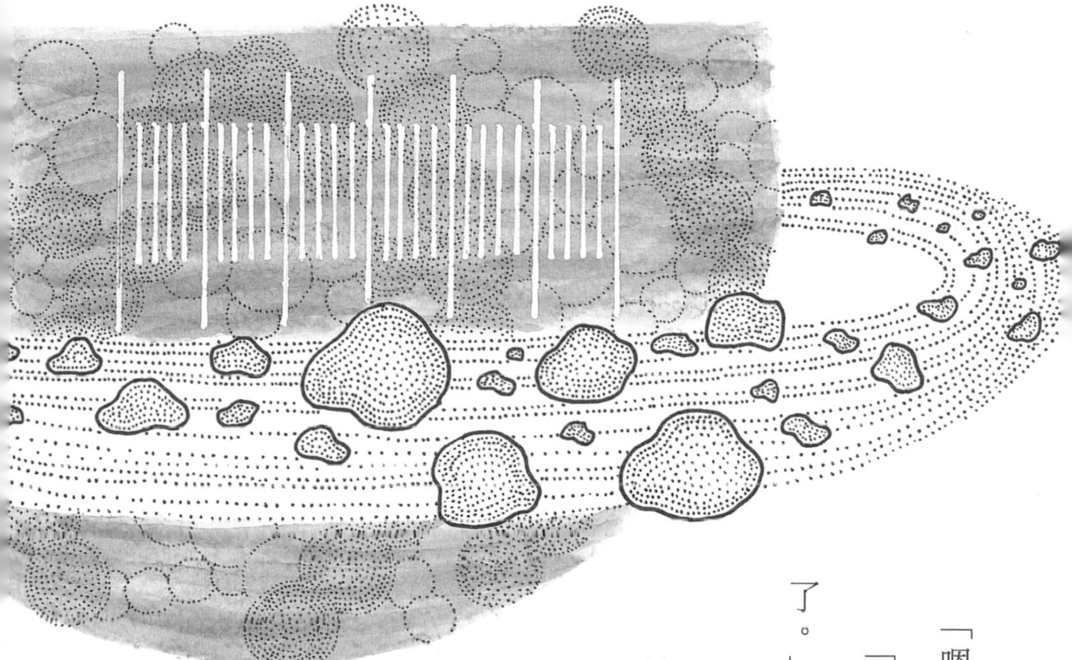

「嗯，是不能說。」

「那你一定能了解我的痛苦了。」

「這一點我完全認同。甚至於……」我意有所指說：「我比你更慘呢！」

「真的嗎？大家都說你很快樂哦！」

「快樂一半是真的，一半是裝出來的，如果連我也每天愁眉苦臉過日

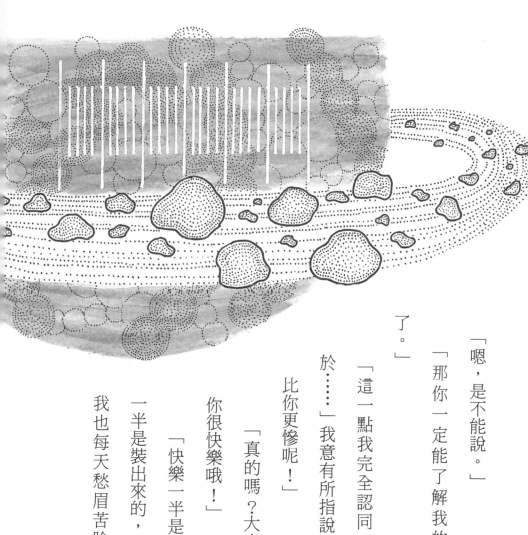

子，那，別人怎麼辦？」

「有道理。不過，話說回來，到底什麼事讓你覺得比我還慘呢？」

「如果看到的趣事妙聞不能說出來，你覺得我會快樂嗎？」

「不會。那，到底有什麼趣事妙聞是不能說出來的呢？」

「多的很呢。你想聽聽嗎？」

「嗯。」

「當我看到月亮上有不明飛行物飛過，明明是妙聞一樁，卻不能說出來時，你覺得我會快樂嗎？」

「不會。」

「當我發現太陽風已吹到北極上空，美麗的極光即將出現時，人們卻不相信，你覺得我會快樂嗎？」

「的確不會。」

「唉，令人不快樂的事情太多太多了。」

「可是，大家一直都很羨慕你，難道不是一件很快樂的事嗎？」

「別人也很羨慕你，你覺得是一件很快樂的事嗎？」

「他們只看到我獨特的一面，以為我很了不起。至於令人苦惱傷心的一面，他們根本不知道。」

「哦，令人苦惱傷心的一面，你也有苦惱傷心的時候啊？」

「太多太多了，你想聽嗎？」

「嗯，說來聽聽。」

十三、知心朋友哪裡找

「近近」和我越說越投機，不知不覺來到了湖心亭，我們倆傍著池中蓮花，倚著亭欄對坐著。

午後的微風一陣一陣，吹皺陣陣漣漪，一圈又一圈。望著蓮池裡的細細波紋，「近近」繼續說：「我雖然有名，知道我的人很多，但是我卻沒有半個知心朋友。」

「嗯。」一聽近近這麼說，我的心底立刻升起一股共鳴。

長久以來，我也覺得，我的朋友雖然不少，但是他們並沒有真正了解我。

對我來說，很多我認為很醜的東西，他們都一口咬定很美麗，這讓我覺得很不平衡。

「譬如我對同學說明皺紋裡『膠原蛋白』的長相和形狀，他們只能靜靜的聽，無法和我討論，也無法反駁；又譬如我說，人類嘴巴裡住著五百多種細菌，我都看得清清楚楚，可是大家不相信，認為我在胡扯；這些，都讓我覺得，我和他們之間的距離，隔得很遠很遠。」

「近近」的說法，讓我想起有一次，我好意忠告鄰居，出門時一定要帶雨衣以免淋成落湯雞，因為我看到遠方天空中有烏雲正在形成，很有可能下雨。

可是鄰居不相信，他說氣象報告沒說。

那一次，鄰居最後淋成一隻超級落湯雞回家，事後還怪我語氣不夠堅定，沒有鐵口直斷，害他半信半疑。

唉！真是好心沒好報。

說真的，有時候，能夠預先知道將會發生什麼事，並不會讓人更快樂。這種問題，只會發生在「近近」和我身上，平常人就沒有這個問題。

「這和令人苦惱傷心的一面有什麼關係嗎？」

「我想你一定同意，和別人的交集越多，別人越願意和我們交往。我看到的奇奇怪怪的事，雖然讓同學們很羨慕，但怪事趣談累積多了，他們會認為你是一個怪胎，一個異類，和他們不同國，不是嗎？」

聽到「近近」這一番心底話，我的感觸很多，心情難過。

「什麼叫物以類聚，你知道嗎？」看我低頭不語，「近近」突然問我說。

「當然。」

我當然知道物以類聚的意思，像我和「近近」這種人，很稀少很稀少，很難和別人站在相同的起跑線上。

能和我們分享和談心的人，真的非常少。

「像小時候玩躲貓貓遊戲，大家都不願意和我玩，因為不管他們藏在哪裡，我都找得到，大家覺得，和我玩一點都不有趣。」

「近近」的話又讓我想起和同學們打桌球的事。

同學們只要手一動或者稍微抬一下，我就能根據他們握拍的方式，知道要發的球是旋球還是切轉球，因此，每次都能強攻回去，每次都大贏。久而久之，同學們覺得和我玩，一點樂趣都沒有，紛紛捨我而去，再也不跟我玩了。

所以啦，即使我打球的本領高強，卻沒幾個對手可以相互切磋琢磨。

「我們都太不平常了，和平常人不可能處在同一個陣線。平常人和平常人最容易相處，也最容易交心，因此，他們的朋友最多，我們的朋友則很少很少，甚至沒有。你說，這不是讓人很傷心嗎？」

「說的對極了，有了你這位朋友，我開始覺得自己真正有點快樂了。」

「我也是。」

我真高興，有了「近近」這位知心的同伴，讓我不再每次想起美國女詩人的詩就感到心痛非常。

女詩人是這麼說「名人」的：

做一個名人多可怕！
眾目之下，
像隻青蛙。

十四、最近和最遠，小宇宙和大宇宙

「近近」和我變成好朋友後，我們倆配合的天衣無縫，快樂融融。

我看得遠，他看得近，我是超級望遠鏡，他是電子顯微鏡。

遠和近，近和遠，正好相輔相成，相得益彰。

我無法幫忙同學解決的問題，就由電子顯微鏡，「近近」幫忙解決；「近近」無法幫忙完成的，就由我，超級望遠鏡，幫助完成。

從「近近」那裡，我學會了，無遠弗屆指的，不見得是遠或深，有時候反而是近和淺。

從我這裡，「近近」也掌握到了，有些事必須捨近求遠，才能事半功倍。

我倆彼此合作，密切配合，因此，得到同學們真正的愛戴，他們都說：「有『遠遠』和『近近』這樣的同學，真好哇！」

我和「近近」一直同校到上大學時才分開。

中學畢業後，我在國內讀大學和研究所，然後出國攻讀博士學位，在獲得無線電天文學博士學位後，留在美國國家天文臺擔任研究員。

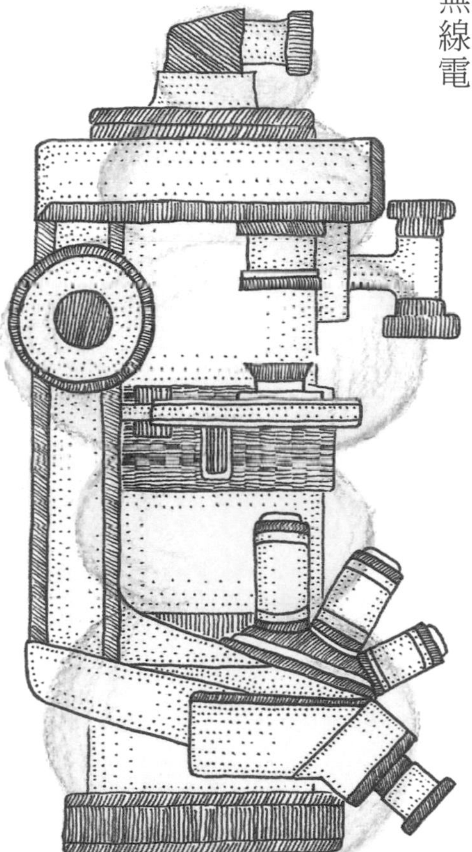

「近近」則是高中畢業後，就舉家遷居到英國，他在英國的劍橋大學攻讀生命科學，聽說從大學到博士，短短五年就完成了。

你可能不知道劍橋大學，但你一定聽過，被掉下的蘋果打到頭的牛頓，他是劍橋人。

英國女王曾經創建英國成為日不落國，曾幾何時，國勢漸弱，國旗終就降下；但牛頓的光芒，卻照亮了整個人類的天空，亙古常新，千古一人。

除了牛頓，劍橋的科學家，總共包辦了幾十座諾貝爾獎。有發現血液循環系統的科學家、有領導器官移植的科學家、有發表物競天擇的科學家、有發明原子分離的科學家、有建造第一座計算機器的科學家、有解開人類基因分子結構的科學家、有製造和發展噴射引擎的科學家、有首次將無線電天文學應用到銀河研究的科學家……，這些偉大的心靈都來自劍橋。

說了這麼多劍橋大學的輝煌紀錄，你一定可以想像，「近近」能在五年之內拿到劍橋大學的博士學位，到底有多強多優秀了。

十幾年後，在美國太空總署舉辦的科學會議上，我和「近近」首度重逢。

「怎麼你也來了？來這裡做什麼？」對於「近近」竟然出現在國際太空環境研討會議上，我感覺非常訝異。

「我來演講。」

「演講？講什麼？」

請生命科學家到太空總署演講，嗯，我真的感到很奇怪，照理應該請天文學家或太空物理學者來演講才適當。

「生命和太空。」

「哦？」

我的疑問來了，生命和太空，這種題目還在講啊？不是都快說到爛了嗎？

「沒錯，生命和太空……」大概是我的錯愕表情，讓「近近」看出了我的不解，他拍拍我的肩膀說：「精確一點的說法是『DNA和星塵，遺傳的密碼。』」

「『DNA和星塵，遺傳的密碼？』嗯，有意思。」

我知道「近近」的研究，一直都和生命的遺傳密碼……DNA有關，我看過他發表在國際上赫赫有名的科學雜誌《自然》上的論文。

他說，每一個人身體內全部的細胞，加起來大約有一百兆個（想想看，一百兆是多大的數目啊！）

妙的是，這一百兆個細胞，彼此分工，互相合作，構成我們身體的各種器官和思維，並且獨立運作。

而最最奇特的是，雖然生命都由細胞開始，卻都使用不同的DNA遺傳密碼。

因此，即使我們有著相同的身體，卻個個面貌不同，思想各異。

而我們的星空，就目前所知，大約有一千億個以上的星系，每一個星系，大約有一千億顆以上的星星，億億成萬兆，也是多到無法計算。

奧妙的是，每一顆星星也都面貌不同，也都有自己的生存密碼。

除此之外，生命和太空，還有許多類似之處。

從我們出生到死亡，細胞一直在不斷的死亡和生出。

從「宇宙大霹靂」開始，星星也一直在重生和死亡。

生命是一個小宇宙，從最微小的細胞開始，我們從最近最短的距離，看到生命的神奇。

星空是一個大宇宙，從最廣大的銀河開始，我們從最深最遠的距離，窺知星空的奧妙。

沒錯！

生命是近的小宇宙，嬰兒從子宮裡誕生。

星空是遠的大宇宙，星球在黑洞中死亡。

當我們看到最近最細微以後，我們發現，最近，其實也是最遠。

當我們看到最遠最深邃以後，我們知道，最遠，其實也是最近。

從小宇宙可以窺知大宇宙，從大宇宙可以想像小宇宙，近與遠，大和小，根本是一體兩面。

「ＤＮＡ和星塵，遺傳的密碼。」多麼美好和值得探討的議題啊。

「我很期待你的演講，一定很精采。」

緊緊握住「近近」的手，我終於明白，美國太空總署請「近近」來演講的道理了。

故事裡的科學

◎翁翁不同

翁翁翁，翁翁翁，是小鳥不是蜜蜂，是和麻雀一般大小的鳥……白頭翁、烏頭翁和灰頭翁。

大部分的人看過白頭翁，少部分的人知道烏頭翁，有人聽過灰頭翁嗎？

牠們之間，到底有什麼關係呢？

誰是爸爸？是白頭翁，烏頭翁，還是灰頭翁？

誰是媽媽？是烏頭翁，灰頭翁，還是白頭翁？

白頭翁（圖片來源：維基百科 ⓒ Earthshine..）

誰是孩子？是灰頭翁，白頭翁，還是烏頭翁？想知道嗎？趕快上網查一查，把牠們的關係弄清楚、想明白。

等等，等等，不同的鳥類竟然可以結婚，這……這……這，是不是和人類的異國婚姻很相像呢？

來，先來看看牠們的長相好嗎？哪裡不同了？哪裡又相同？

然後也許你會知道，為什麼牠們可以異「鳥」結婚了。

仔細看清楚喔！三種鳥的主要特徵在哪兒，你能指出來嗎？

烏頭翁（圖片來源：維基百科ⓒCharles Lam）

◎紡織娘與蝗蟲

很多小朋友聽過「紡織娘」，「紡織娘」的叫聲很好聽，夏天的晚上，讓「紡織娘」「ㄐㄧ……ㄐㄧ……ㄐㄧ……」的歌聲，為大家編織一個美好甜蜜的夏夢。

更多的小朋友看過蝗蟲，蝗群過境好可怕，吃光農作物造成慘重農害，蝗蟲是害蟲，農夫討厭牠們。

小朋友知道「紡織娘」和蝗蟲的主要區別嗎？路上遇見了，分辨得出來嗎？

告訴你，故宮博物院那件名聞遐邇的玉雕「翠玉白菜」，菜葉上那隻栩栩如生的翠綠色小蟲子，正是「紡織娘」喔。

「紡織娘」的正式名字叫作螽斯，你知道嗎？

快來瞧一瞧牠們的廬山真面目吧，仔細看看喔，到底哪裡不同了？從這兩張圖中，你能指出牠們的主要不同點在哪裡嗎？習性差異是什麼？

紡織娘（圖片來源：維基百科ⓒ Andrzej Barabasz (Chepry)）

蝗蟲（圖片來源：愛分享圖庫_搜狗百科）

把你的觀察寫下來，再和下面的答案比較一下。

嘿！聰明的你，都答對了嗎？

答案：

1. 紡織娘細長的觸角比身體還長，蝗蟲的觸角比較短。
2. 紡織娘多半是雜食性的，蝗蟲則是植食性的。
3. 紡織娘的後腳比較細長，蝗蟲則是比較粗壯。

◎隕石到底是可怕還是可愛？

(一)哇！隕石怎麼這麼厲害？

稱霸地球幾十億年的大恐龍，為什麼突然全部消失不見了，都變成化石了？小朋友想知道原因嗎？

科學家說，六千五百萬年前有一顆超級大的隕石從天而降，造成地球天崩地烈的大災難，恐龍就是被那顆超級大的隕石滅絕的。

真的嗎？有證據嗎？

(二)每天都有隕石向地球飛來

科學家還說，太空中每天都有大大小小，成千上萬的隕石向地球飛來。

幸運的是，地球上空有一層金鐘罩和鐵布衫，也就是大氣層，二十四小時不眠不休保護著我們，這些隕石在降落地球以前，早已被大氣層給完全燒燬了。

除非隕石特別大、特別堅硬，才有可能沒被完全燒燬，最後撞擊到地球。

(三)隕石有幾種？

科學家告訴我們，隕石根據它們的成份不同，一般分為

1. 由岩石材料組成的石隕石。

2. 由金屬材料組成的鐵隕石。

3. 由兩者混合組成的石鐵隕石。

此外，尚有來自月球的月球隕石和來自火星的火星隕石。

這兩種隕石，比上面三種隕石更貴重，對地球和生命起源，具有重大的意義喔！

為什麼？想知道答案嗎？

請小朋友先上網找一下，再互相討論切磋吧！

◎臺灣有隕石坑嗎？

大隕石如果撞擊到地球，會發生什麼可怕的事，會造成什麼大災難，知道嗎？

1. 超級大地震
2. 超級大海嘯
3. 物種大滅絕
4. 太陽不見了
5. 都有可能

這些可怕後果小朋友有想過嗎？

請大家再想一想，在地球37億年的歷史裡，我們怎麼知道隕石曾經撞擊過地球？

有什麼明顯的證據可以證明呢？

答案是「隕石坑」啦。

地球表面一旦被隕石撞擊到，除了地表會留下非常深非常深的凹陷外，更因劇烈撞擊產生的高溫，會改變地表土石的原本樣貌，變成和原來的不一樣。

世界各地有很多大大小小不同的「隕石坑」，可以證明隕石曾經撞擊過地球。

聽說臺灣有兩個地方可能是隕石坑的候選地點，知道是哪兩個地方嗎？

小朋友，請你上網問一下谷歌大神好嗎？不要坐著發呆。

這兩個地方，是真的有可能，還是只是誤傳呢？

◎地球人真的是火星人的後代嗎？

（一）真的有火星人嗎？

有這麼一說，人類是火星人的後代。

為什麼會有這種說法？還是根本就是科幻小說家的胡說八道？

根據美國國家太空總署（NASA）放出來的訊息，火星上曾經有過很多水，而我們都知道，水是生命的源頭，沒有水，就沒有生命。

還有一說，地球上的金字塔，是火星人建造的，因為五千年前的人類，根本還沒有建造金字塔所需的科學知識，技術和能力。

因此，有人推論說，生命是從火星開始的，人類是火星人的後代。

問題是，如果人類真的是火星人的後代，火星人為什麼把人類帶到地球後，就撒手不管了？

還有，他們現在都跑到哪兒去了？

（二）地球生命真的從火星來嗎？

美國有一位貝納教授（Prof. Steven Benner）認為，地球缺少孕育有機分子的元素，硼和鉬，而火星上並不缺乏。

因此，比起地球，火星提供了生命更好的孕育環境，很有可能，地球生命的起源，是在火星上先開始的，之後再隨著隕石墜落到地球上。

（三）哪一種說法較有可能？

咦？兩種說法好像有點矛盾呢？

如果地球人真的是火星人的後代，表示火星人早就可以進行星際旅行了，科技肯定非常進步。

那，為什麼做為火星人後代的人類，科學技術只有兩百多年的歷史，到現在還無法從事星際旅行呢？

又，如果地球生命是進化來的，是從無機到有機，從猿人到智人，根據科學家的說法，當時的人類腦袋容量還小，根本沒辦法建造完成金字塔啊？

人類到底是火星人的後代，還是進化來的呢？

還是兩者都不是？

那，答案是什麼？

國家圖書館出版品預行編目資料

隔壁班的天才 / 山鷹文 ; 黃郁嵐圖. -- 初版. --
臺北市 : 幼獅, 2017.11
面 ;　公分. -- (故事館 ; 27)

ISBN 978-986-449-093-6(平裝)

859.6　　　　106017575

・故事館051・

隔壁班的天才

作　　者＝山鷹
繪　　者＝黃郁嵐
出 版 者＝幼獅文化事業股份有限公司
發 行 人＝李鍾桂
總 經 理＝王華金
總 編 輯＝林碧琪
主　　編＝沈怡汝
編　　輯＝白宜平
美術編輯＝李祥銘
總 公 司＝10045臺北市重慶南路1段66-1號3樓
電　　話＝(02)2311-2832
傳　　真＝(02)2311-5368
郵政劃撥＝00033368

印　　刷＝錦龍印刷實業股份有限公司
定　　價＝250元
港　　幣＝83元
初　　版＝2017.11
初版二刷＝2022.05
書　　號＝984221

幼獅樂讀網
http://www.youth.com.tw
e-mail:customer@youth.com.tw
幼獅購物網
http://shopping.youth.com.tw

行政院新聞局核准登記證局版臺業字第0143號